Arthur Conan Doyle

Le Rituel des Musgrave

Table des matières

Le rituel des Musgrave

Une anomalie qui m'a souvent frappé dans le caractère de mon ami Sherlock Holmes, c'était que, bien que dans ses façons de penser il fût le plus clair et le plus méthodique des hommes, et bien qu'il affectât dans sa mise une certaine recherche d'élégance discrète, il n'en était pas moins, dans ses habitudes personnelles, un des hommes les plus désordonnés qui aient jamais poussé à l'exaspération le camarade qui partageait sa demeure. Non pas que je sois, moi-même, le moins du monde, tatillon sous ce rapport. La campagne d'Afghanistan, avec ses rudes travaux, ses dures secousses, venant s'ajouter à une tendance naturelle chez moi pour la vie de bohème, m'a rendu un peu plus négligent qu'il ne sied à un médecin. Mais il y a une limite et, quand je découvre un homme qui garde ses cigarettes dans le seau à charbon, son tabac dans une pantoufle persane, et les lettres à répondre fichées à l'aide d'un grand couteau au beau milieu de la tablette en bois de la cheminée, alors, je commence à arborer des airs vertueux. J'ai toujours estimé, quant à moi, que la pratique du pistolet devait être strictement un exercice de plein air et, lorsque Holmes, dans un de ses accès de bizarrerie, prenait place dans un fauteuil, avec son revolver et une centaine de cartouches, et qu'il se mettait à décorer le mur d'en face d'un semis de balles qui dessinaient les initiales patriotiques V.R.[1], j'ai chaque fois éprouvé l'impression très nette que ni l'atmosphère ni l'aspect de notre living n'y gagnaient.

Nos pièces étaient toujours pleines de produits chimiques et de reliques de criminels qui avaient une singulière façon de s'aventurer dans des lieux invraisemblables, de se montrer dans le beurrier ou dans des endroits encore moins indiqués. Mais mon grand supplice, c'étaient ses papiers. Il avait horreur de détruire des documents, et surtout ceux qui se rapportaient à ses enquêtes passées ; malgré cela, il ne trouvait guère qu'une ou deux fois par an l'énergie qu'il fallait pour les étiqueter et les ranger, car, comme j'ai eu l'occasion de le dire en je ne sais quel

---

[1] Victoria Regina.

endroit de ces Mémoires décousus, les crises d'énergie et d'ardeur qui s'emparaient de lui lorsqu'il accomplissait les remarquables exploits auxquels est associé son nom étaient suivies de périodes léthargiques pendant lesquelles il demeurait inactif, entre son violon et ses livres, bougeant à peine, sauf pour aller du canapé à la table. Ainsi, de mois en mois, les papiers s'accumulaient, jusqu'à ce que tous les coins de la pièce fussent encombrés de paquets de manuscrits qu'il ne fallait à aucun prix brûler et que seul leur propriétaire pouvait ranger. Un soir d'hiver, comme nous étions assis près du feu, je me risquai à lui suggérer que, puisqu'il avait fini de coller des coupures dans son registre ordinaire, il pourrait employer les deux heures suivantes à rendre notre pièce un peu plus habitable. Il ne pouvait contester la justesse de ma demande, aussi s'en fut-il, le visage déconfit, à sa chambre à coucher d'où il revint bientôt, tirant derrière lui une grande malle en zinc. Il la plaça au milieu de la pièce et, s'accroupissant en face, sur un tabouret, il en leva le couvercle. Je pus voir qu'elle était déjà au tiers pleine de papiers réunis en liasses de toutes sortes avec du ruban rouge.

Il y a là, Watson, dit-il en me regardant avec des yeux malicieux, pas mal d'enquêtes. Je pense que si vous saviez tout ce que j'ai dans cette boîte, vous me demanderiez d'en exhumer quelques-unes au lieu d'en enfouir de nouvelles.

– Ce sont les souvenirs de vos premiers travaux ? J'ai, en effet, souvent souhaité de posséder des notes sur ces affaires.

– Oui, mon cher. Toutes ces enquêtes remontent au temps où mon biographe n'était pas encore venu chanter ma gloire. (Il soulevait les liasses l'une après l'autre, d'une façon en quelque sorte tendre et caressante.) Ce ne sont pas toutes des succès, mais il y a là quelques jolis petits problèmes. Voici les souvenirs des assassins de Tarleton, l'affaire de Vanberry, le marchand de vin, les aventures de la vieille Russe, et la singulière affaire de la béquille en aluminium, ainsi qu'un récit détaillé du pied-bot Ricoletti et de son horrible femme. Et voici... ah ! cela, c'est réellement un objet de choix !

Il plongea le bras au fond de la caisse et en retira une petite boîte en bois munie d'un couvercle à glissière, comme en ont celles où on range les jouets d'enfant. Il en sortit un morceau de papier chiffonné, une vieille clé en laiton, une cheville de bois à laquelle était attachée une pelote de corde et trois vieux disques de métal rouillé.

— Eh bien, mon garçon, que dites-vous de ce lot-là ? demanda-t-il en souriant de l'expression de mon visage.

— C'est une curieuse collection.

— Très curieuse, et l'histoire qui s'y rattache vous frappera comme plus curieuse encore.

— Ces reliques ont une histoire, alors ?

— À tel point qu'elles sont bel et bien de l'Histoire.

— Que voulez-vous dire par là ?

Sherlock Holmes les prit une à une et les posa sur le bord de la table. Puis il se rassit dans son fauteuil et les considéra, une lueur de satisfaction dans les yeux.

— C'est là, dit-il, tout ce qu'il me reste pour me rappeler l'épisode du Rituel des Musgrave.

Je l'avais, à plusieurs reprises, entendu mentionner cette affaire, bien que je n'eusse jamais pu en recueillir les détails.

— Je serais si content si vous vouliez m'en faire le récit...

— Et laisser ce fouillis tel quel ? s'écria-t-il malicieusement. Votre amour de l'ordre n'en souffrira pas tellement, somme toute,

Watson, et moi je serais content que vous ajoutiez cette affaire à vos Mémoires, car elle comporte certains points qui la rendent absolument unique dans les annales criminelles de ce pays et, je crois, de tous les pays. Une collection de menus exploits serait assurément incomplète si elle ne contenait point le récit de cette singulière enquête.

Vous vous rappelez peut-être comment l'affaire du Gloria Scott et ma conversation avec le malheureux dont je vous ai raconté le sort dirigèrent pour la première fois mon attention vers la profession que j'allais exercer ma vie durant. Vous me connaissez, maintenant que mon nom s'est répandu partout, maintenant que le public et la police officielle admettent que je suis l'ultime instance à laquelle on fait appel dans les affaires douteuses. Même quand vous avez fait ma connaissance, au temps de l'affaire que vous avez perpétuée dans L'Étude en rouge, je m'étais déjà créé une clientèle considérable, bien que pas très lucrative. Vous ne pouvez guère vous rendre compte des difficultés que j'ai d'abord éprouvées et du temps qu'il m'a fallu avant de réussir à atteindre le premier rang.

Quand je suis venu à Londres, à mes débuts, j'avais un appartement dans Montague Street, juste au coin en partant du British Museum, et là, j'attendais, occupant mes trop nombreuses heures de loisir à l'étude de toutes les branches de la science susceptibles de m'être profitables. De temps en temps, des affaires s'offraient à moi, grâce surtout à l'entremise de quelques anciens camarades d'études, car, dans les dernières années de mon séjour à l'université, on avait pas mal parlé de moi et de mes méthodes. La troisième de ces affaires fut le Rituel des Musgrave et c'est à l'intérêt qu'éveilla ce singulier enchaînement d'événements et aussi aux résultats auxquels il aboutit, que je fais remonter les premières étapes sérieuses de ma réussite actuelle.

Reginald Musgrave avait été au même collège que moi et je le connaissais quelque peu. En règle générale il n'était pas très populaire parmi les étudiants, quoiqu'il m'ait toujours semblé que ce que l'on considérait chez lui comme de l'orgueil n'était, en réalité, qu'un effort pour couvrir un extrême manque naturel de confiance en soi. D'aspect, c'était un homme d'un type suprêmement aristocratique, mince, avec un long nez, de grands yeux, une allure indolente et pourtant courtoise. C'était, en effet, le rejeton d'une des plus vieilles familles du royaume, bien que sa branche fût une branche cadette qui s'était séparée des Musgrave du Nord à une certaine époque du XVIème siècle pour s'établir dans l'ouest du Sussex, où le manoir de Hurlstone constitue peut-être le plus vieux bâtiment habité du comté. Quelque chose du lieu de sa naissance semblait adhérer à l'homme, et je n'ai jamais regardé son visage pâle et ardent, ou bien considéré son port de tête, sans les associer aux voûtes grises, aux fenêtres à meneaux et à toutes ces vénérables reliques d'un château féodal. De temps en temps, nous nous laissions aller à bavarder et je peux me rappeler que, plus d'une fois, il exprima un vif intérêt pour mes méthodes d'observation et de déduction.

Il y avait quatre ans que je ne l'avais vu, quand, un matin, il entra dans mon logis de Montague Street. Il n'avait guère changé ; il était habillé comme un jeune homme à la mode – ce fut toujours un peu un dandy – et il gardait ces mêmes manières tranquilles et douces qui l'avaient jadis caractérisé.

– Qu'êtes-vous donc devenu, Musgrave ? lui demandai-je après une cordiale poignée de main.

– Sans doute avez-vous appris la mort de mon père, dit-il. Il a été emporté il y a deux ans environ. Depuis lors, j'ai, naturellement, dû administrer le domaine de Hurlstone, et comme je suis député de ma circonscription en même temps, ma vie a été assez occupée ; mais j'ai appris, Holmes, que vous employiez à des fins pratiques ces dons avec lesquels vous nous étonniez.

– Oui, dis-je, je me suis mis à vivre de mon intelligence.

– Je suis enchanté de l'apprendre, car vos conseils aujourd'hui me seraient infiniment précieux. Il s'est passé chez nous, à Hurlstone, d'étranges événements sur lesquels la police a été absolument incapable de jeter une lumière quelconque. C'est vraiment la plus extraordinaire et la plus inexplicable affaire.

Vous imaginez, Watson, avec quel empressement je l'écoutais, car c'était l'occasion même que j'avais si ardemment désirée pendant tous ces longs mois d'inaction, qui semblait se trouver à ma portée. Tout au fond de mon cœur, je me croyais capable de réussir là où d'autres échouaient et j'avais cette fois la possibilité de me mettre à l'épreuve.

– Je vous en prie, donnez-moi les détails ! m'écriai-je.

Reginald Musgrave s'assit en face de moi et alluma une cigarette que j'avais poussée vers lui.

– Il faut que vous sachiez, dit-il, que, bien que célibataire, je dois entretenir à Hurlstone tout un personnel domestique, car les bâtiments sont vieux et mal distribués et il faut s'en occuper pas mal. J'ai aussi des chasses gardées et, pendant la belle saison, j'ai d'ordinaire beaucoup d'invités, de sorte que cela n'irait plus si on manquait de personnel. Il y a donc, en tout, huit bonnes, le cuisinier, le sommelier, deux valets de pied et un garçon. Le jardin et les écuries ont, naturellement, leur personnel à eux.

« De ces domestiques, celui qui a été le plus longtemps à notre service était le sommelier Brunton. Quand il a été d'abord engagé par mon père ; c'était un maître d'école sans situation mais, homme de caractère et plein d'énergie, il devint vite inappréciable dans la maison. C'était aussi un bel homme, bien planté, au front magnifique et, bien qu'il ait été avec nous pendant vingt ans, il ne peut aujourd'hui en avoir plus de quarante. Avec ses avantages personnels, ses dons extraordinaires – car il sait plusieurs langues et joue presque de tous les instruments de musique –, c'est étonnant qu'il se soit si longtemps contenté d'une situation pareille, mais je suppose qu'il se trouvait confortablement installé et qu'il n'avait pas l'énergie de changer. Le sommelier de Hurlstone est un souvenir qu'emportent tous ceux qui nous rendent visite.

« Mais ce parangon a un défaut. C'est un peu un don Juan, et vous pouvez imaginer que, pour un homme comme lui, le rôle n'est pas très difficile à jouer, dans ce coin tranquille de campagne. Quand il était marié, tout allait bien, mais depuis qu'il est veuf, les ennuis qu'il nous a faits n'ont pas cessé. Il y a quelques mois, nous espérions qu'il allait de nouveau se fixer, car il se fiança à Rachel Howells, notre seconde femme de chambre, mais il l'a jetée par-dessus bord depuis et s'est mis à courtiser Jane Trigellis, la fille du premier garde-chasse. Rachel, qui est une très bonne fille, mais celte et, par conséquent, d'un caractère emporté, a eu un sérieux commencement de fièvre cérébrale et circule maintenant – ou plutôt circulait hier encore – dans la maison comme l'ombre aux yeux noirs de ce qu'elle était naguère. Ce fut là notre premier drame à Hurlstone ; mais il s'en est produit un autre qui l'a chassé de nos pensées et qui fut précédé de la disgrâce et du congédiement du sommelier Brunton.

« Voici comment cela s'est passé. Je vous ai dit que l'homme était intelligent, et c'est cette intelligence même qui a causé sa perte, car elle semble l'avoir conduit à se montrer d'une insatiable curiosité à l'égard des choses qui ne le concernaient nullement. Je n'imaginais pas où cela le mènerait, jusqu'au moment où un accident très simple m'a ouvert les yeux.

« Je vous ai dit que la maison est assez mal distribuée. Une nuit de la semaine dernière – celle de jeudi pour être plus précis –, je constatai que je ne pouvais dormir, pour avoir, après dîner, sottement pris une tasse de café noir très fort. Jusqu'à deux heures du matin j'ai lutté contre cette insomnie, puis j'ai compris que c'était tout à fait inutile ; je me suis donc levé, et j'ai allumé la bougie, dans l'intention de continuer la lecture d'un roman. Comme j'avais laissé le livre dans la salle de billard, j'ai passé ma robe de chambre et je suis allé le chercher.

« Pour parvenir à la salle de billard, je devais descendre un escalier, puis traverser l'amorce du couloir qui menait à la bibliothèque et à la salle d'armes. Imaginez ma surprise quand, en regardant le couloir devant moi, j'aperçus une lueur qui provenait de la porte ouverte de la bibliothèque. J'avais moi-même éteint la lampe et fermé la porte avant d'aller me coucher. Naturellement je pensai tout d'abord à des cambrioleurs. Les murs des couloirs, à Hurlstone, sont abondamment ornés de trophées et d'armes anciennes. Saisissant une hache d'armes et laissant là ma bougie, je me suis avancé doucement sur la pointe des pieds et, par la porte ouverte, j'ai regardé à l'intérieur de la bibliothèque.

« Brunton, le sommelier, était là, assis dans un fauteuil, avec, sur son genou, un petit morceau de papier qui ressemblait à une carte, le front appuyé dans sa main, il réfléchissait profondément. Je demeurai muet d'étonnement à l'observer d'où j'étais, dans l'ombre. Une petite bougie, au bord de la table, répandait une faible lumière, mais elle suffisait pour me montrer qu'il était complètement habillé. Soudain, pendant que je regardais, il se leva de son siège et, se dirigeant vers un bureau, sur le côté, il l'ouvrit et en tira un des tiroirs. Il y prit un papier et, revenant s'asseoir, le posa à plat près de la bougie, au bord de la table, et se mit à l'étudier avec une minutieuse attention. Mon indignation à la vue de ce tranquille examen de nos papiers de famille m'emporta si fort que je fis un pas en avant. Brunton, en levant les yeux, me vit dans l'encadrement de la porte. D'un bond il fut debout, son visage devint livide de crainte, et il fourra à l'intérieur de son vêtement le papier, qui ressemblait à une carte, qu'il était en train d'étudier.

« – Quoi ! dis-je, c'est ainsi que vous nous remerciez de la confiance que nous avons mise en vous ? Vous quitterez mon service demain.

« Il s'inclina, de l'air d'un homme qui est complètement écrasé et s'esquiva sans dire un mot. La bougie était toujours sur la table et à sa lumière je jetai un coup d'œil pour voir quel était le papier qu'il avait pris dans le bureau. À ma grande surprise, je vis que ce n'était pas une chose importante, mais simplement une copie des questions et des réponses de cette vieille règle singulière qu'on appelle le Rituel des Musgrave. C'est une sorte de cérémonie particulière à notre famille, que, depuis des siècles, tous les Musgrave, en atteignant leur majorité, ont accomplie – quelque chose qui n'a qu'un intérêt personnel et qui, s'il présente, comme nos blasons et nos écus, une vague importance aux yeux de l'archéologue, n'a, en soi, aucune utilité pratique, quelle qu'elle soit.

– Nous reviendrons à ce papier tout à l'heure, dis-je.

– Si vous pensez que c'est vraiment nécessaire... répondit-il, en hésitant un peu. Pour continuer mon exposé, cependant, j'ai refermé le bureau, en me servant pour cela de la clé que Brunton avait laissée, et j'avais fait demi-tour pour m'en aller quand je fus surpris de voir que le sommelier était revenu et se tenait devant moi.

« – Monsieur Musgrave, monsieur, s'écria-t-il d'une voix que l'émotion étranglait, je ne puis supporter ma disgrâce, monsieur ; toute ma vie, ma fierté m'a placé au-dessus de ma situation et la disgrâce me tuerait ; vous aurez mon sang sur la conscience, monsieur – sur votre conscience, c'est un fait –, si vous m'acculez au désespoir. Si vous ne pouvez me garder après ce qui s'est passé, pour l'amour de Dieu, alors, laissez-moi vous donner congé et m'en aller dans un mois, de mon propre gré. Cela je pourrais le supporter, monsieur Musgrave, mais non d'être chassé au vu de tous les gens que je connais si bien.

« – Vous ne méritez pas tant d'égards, Brunton, répondis-je. Votre conduite a été trop infâme : cependant, comme il y a longtemps que vous êtes dans la famille, je ne désire pas vous infliger un affront public. Disparaissez dans une semaine et donnez de votre départ la raison que vous voudrez.

« – Rien qu'une semaine, monsieur ! s'écria-t-il d'une voix désespérée. Une quinzaine, dites : au moins, une quinzaine.

« – Une semaine ; et vous pouvez estimer que je vous ai traité avec indulgence.

« Il s'en alla sans bruit, la tête tombant sur la poitrine, comme un homme accablé, tandis que j'éteignais la lumière et regagnais ma chambre.

« Pendant les deux jours qui suivirent cet incident, Brunton se montra fort zélé à remplir ses devoirs. Je ne fis aucune allusion à ce qui s'était passé et j'attendis avec quelque curiosité de voir comment il couvrirait sa disgrâce. Au matin du troisième jour, pourtant, il ne vint pas, comme c'était son habitude, après le petit déjeuner, prendre mes instructions pour la journée. Comme je quittais la salle à manger, je rencontrai par hasard Rachel Howells, la bonne. Je vous ai dit qu'elle n'était que tout récemment remise de maladie et elle avait l'air si lamentablement pâle et blême que je la grondai parce qu'elle travaillait.

« – Vous devriez être au lit, dis-je. Vous reviendrez travailler quand vous serez plus forte.

« Elle me regarda avec une expression si étrange que je commençai de la soupçonner d'avoir le cerveau dérangé.

« – Je suis assez forte, monsieur Musgrave, répondit-elle.

« – Nous verrons ce que dira le docteur ! Il faut en tout cas que vous cessiez de travailler, à présent, et, quand vous descendrez, voulez-vous dire à Brunton que je désire le voir ?

« – Le sommelier est parti, dit-elle.

« – Parti ! Parti où ?

« – Il est parti. Personne ne l'a vu. Il n'est pas dans sa chambre. Oh, oui, il est parti – il est parti.

« Elle recula et tomba contre le mur, en poussant des cris et en riant, et je restai là, horrifié par cette crise hystérique, puis, je me précipitai vers la cloche pour appeler à l'aide. Pendant qu'on emmenait dans sa chambre la fille toujours criant et sanglotant, je m'informai de Brunton. Il n'y avait pas de doute : il avait disparu. Il n'avait pas dormi dans son lit, personne ne l'avait vu depuis qu'il s'était rendu dans sa chambre la veille, et pourtant il était difficile de voir comment il avait pu quitter la maison, puisqu'on avait, au matin, trouvé les portes et les fenêtres fermées à clé. Ses habits, sa montre et même son argent étaient chez lui – mais le complet noir qu'il portait d'ordinaire n'était pas là. Ses pantoufles aussi avaient disparu, mais il avait laissé ses souliers. Où donc Brunton avait-il pu aller pendant la nuit et qu'était-il devenu à présent ?

« Naturellement, nous avons fouillé la maison de la cave au grenier, mais il n'y avait aucune trace de l'homme. La maison est, je vous l'ai dit, un labyrinthe, surtout l'aile primitive qui, pratiquement, est maintenant inhabitée, mais nous avons tout retourné, dans chaque chambre, chaque mansarde, sans découvrir la moindre trace du disparu. Il me semblait incroyable qu'il ait pu s'en aller en laissant là tout ce qui lui appartenait, et pourtant où pouvait-il être ? J'ai fait venir la police locale, mais sans succès. Il avait plu la nuit précédente, et nous avons examiné la pelouse et les allées tout autour de la maison, mais en vain. Les choses en étaient là quand un nouvel incident détourna complètement notre attention de ce premier mystère.

« Pendant deux jours, Rachel Howells avait été si malade, en proie tantôt au délire, tantôt à l'hystérie, qu'une infirmière s'occupait d'elle et la veillait. La troisième nuit qui suivit la disparition de Brunton, l'infirmière, jugeant sa malade placidement endormie, se laissa aller à sommeiller dans son fauteuil ; quand elle se réveilla, aux premières heures du matin, elle trouva le lit vide, la fenêtre ouverte et plus trace de la malade. Tout de suite on m'éveilla et, avec les deux valets de pied, je partis sans retard à la recherche de la disparue. Il n'était pas difficile de dire quelle direction elle avait prise, car, en partant de dessous sa fenêtre, nous pouvions aisément suivre la trace de ses pas à travers la pelouse jusqu'au bord de l'étang, où elles disparaissaient, tout près du chemin de gravier qui mène hors de la propriété. L'étang, à cet endroit, a huit pieds de profondeur, et vous imaginez ce que nous avons éprouvé quand nous avons vu que la piste de la pauvre démente s'arrêtait au bord même.

« Tout de suite, naturellement, les barges furent là et on se mit au travail pour chercher le corps de la fille, mais nous n'avons pu en trouver trace ; par contre, nous avons ramené à la surface une chose des plus inattendues. C'était un sac de toile qui contenait, avec une masse de vieux métal rouillé et décoloré, plusieurs galets ou morceaux de verre de couleur sombre. Cette étrange trouvaille fut tout ce que nous avons pu extraire de l'étang et, bien que nous ayons fait hier toutes les recherches et enquêtes possibles, nous ne savons rien ni du sort de Rachel Howells, ni de celui de Richard Brunton. La police du comté y perd son latin, et je suis venu vers vous, parce que je vous considère comme mon ultime ressource.

Vous pouvez supposer, Watson, avec quelle attention j'ai écouté cette extraordinaire suite d'événements et comme je m'efforçais de les ajuster ensemble et d'imaginer un fil quelconque auquel on pourrait les rattacher tous.

Le sommelier était parti. La fille était partie. La fille avait aimé le sommelier, mais avait eu ensuite des raisons de le haïr. Elle avait de ce sang gallois, fougueux et passionné ! Elle avait été terriblement surexcitée aussitôt que l'homme avait disparu. Elle avait jeté dans l'étang un sac qui contenait des choses bizarres. Autant de facteurs qu'il fallait prendre en considération, et cependant aucun n'allait au fond de l'affaire. Il s'agissait de savoir quel était le point de départ de cet enchaînement d'événements, là se trouvait l'extrémité de cette filière embrouillée.

– Il faut, Musgrave, dis-je, que je voie le papier qui, aux yeux de votre sommelier, valait assez la peine d'être consulté pour qu'il encoure le risque de perdre sa place.

– C'est une chose assez absurde que notre Rituel, répondit-il, mais il a, du moins, pour le sauver et l'excuser, la grâce de l'antiquité. J'ai là une copie des questions et des réponses, si vous voulez prendre la peine d'y jeter un coup d'œil...

Il me passa ce papier, celui que j'ai là, Watson, et voici l'étrange catéchisme auquel chaque Musgrave devait se soumettre quand il arrivait à l'âge d'homme. Je vous lis questions et réponses, telles qu'elles viennent :

– À qui appartenait-elle ?

– À celui qui est parti.

– Qui doit l'avoir ?

– Celui qui viendra.

– Quel était le mois ?

– Le sixième en partant du premier.

– Où était le soleil ?

– Au-dessus du chêne.

– Où était l'ombre ?

– Sous l'orme.

– Comment y avancer ?

– Au nord par dix et par dix, à l'est par cinq et par cinq, au sud par deux et par deux, à l'ouest par un et par un et ainsi dessous.

– Que donnerons-nous en échange ?

– Tout ce qui est nôtre.

– Pourquoi devons-nous le donner ?

– À cause de la confiance.

– L'original n'est pas daté, mais il a l'orthographe du milieu du XVIème siècle, me signala Musgrave. J'ai peur toutefois qu'il ne puisse guère vous aider à résoudre ce mystère.

– Du moins, dis-je, nous fournit-il un autre mystère, et celui-ci est même plus intéressant que le premier. Et il peut se faire que la solution de l'un se trouve être la solution de l'autre. Vous m'excuserez, Musgrave, si je dis que votre sommelier me semble avoir été un homme très fort et avoir eu l'esprit plus clair et plus pénétrant que dix générations de ses maîtres.

– J'ai peine à vous suivre, répondit Musgrave. Ce papier me semble, à moi, n'avoir aucune importance pratique.

– Et, à moi, il me semble immensément pratique et j'imagine que Brunton en avait la même opinion. Sans doute l'avait-il déjà vu avant cette nuit où vous l'avez surpris.

– C'est bien possible. Nous ne prenions pas la peine de le cacher.

– Il désirait simplement, en cette dernière occasion, se rafraîchir la mémoire. Il avait, si je comprends bien, une espèce de carte qu'il comparait avec le manuscrit et qu'il a mise dans sa poche quand vous avez paru ?

– C'est bien cela. Mais en quoi pouvait l'intéresser cette vieille coutume de famille, et que signifie ce rabâchage ?

– Je ne pense pas que nous éprouverons de grandes difficultés à l'établir, dis-je. Avec votre permission nous prendrons le premier train pour le Sussex et nous examinerons la question un peu plus à fond sur les lieux.

Ce même après-midi nous retrouva tous les deux à Hurlstone. Peut-être avez-vous vu des images ou lu des descriptions de cette fameuse résidence, aussi n'en parlerai-je que pour vous dire que la construction a la forme d'un L dont la ligne montante serait la partie la plus moderne et la base, la portion originale sur laquelle l'autre s'est greffée. Au-dessous de la porte basse, au lourd linteau, au centre de cette partie antique, est gravée la date 1607, mais les connaisseurs conviennent tous que les poutres et la maçonnerie sont en réalité bien plus vieilles que cela. Les murs, d'une épaisseur énorme, et les fenêtres, toutes petites, ont, au siècle dernier, chassé la famille dans l'aile nouvelle et l'ancienne étant désormais utilisée comme réserve et comme cave, quand toutefois on s'en servait. Un parc splendide avec de beaux vieux arbres, entourait la maison, et l'étang dont avait parlé mon client s'étendait tout près de l'avenue, à deux cents mètres environ du bâtiment. J'étais déjà bien convaincu, Watson, qu'il ne s'agissait pas de trois mystères distincts, mais d'un seul et que si je pouvais déchiffrer sans erreur le Rituel, j'aurais en main le fil qui me guiderait vers la vérité, aussi bien en ce qui concernait le sommelier Brunton que pour Howells, la bonne. C'est à cela que j'ai appliqué toute mon énergie. Pourquoi ce domestique était-il si anxieux de bien posséder cette ancienne formule ? Évidemment parce qu'il y voyait quelque chose qui avait échappé à toutes ces générations de grands propriétaires et dont il escomptait quelque avantage personnel. Qu'était-ce donc et en quoi cela avait-il influencé son destin ? Pour moi, il était évident, à la lecture du Rituel, que les mesures devaient se rapporter à un certain endroit auquel le reste du document faisait allusion et que si nous parvenions à trouver cet endroit, nous serions sur la bonne voie pour apprendre quel était le secret que les vieux Musgrave avaient cru nécessaire de garder de façon si curieuse. Deux points de repère nous étaient fournis au départ : un chêne et un orme. Pour le chêne, cela ne pouvait faire de question. Juste en face de la maison, sur le côté gauche de l'avenue, se dressait un chêne patriarche, un des plus magnifiques arbres que j'eusse jamais vus.

— Cet arbre était-il là, m'enquis-je comme nous passions à côté, lorsque votre Rituel a été écrit ?

— Selon toute probabilité, il était là au temps de la conquête normande. Il mesure sept mètres de tour.

Un de mes points était ainsi bien assuré.

— Avez-vous de vieux ormes ?

— Il y en avait un très vieux là-bas, mais il a été frappé par la foudre il y a dix ans, et on en a enlevé la souche.

— On peut voir où il était ?

— Oh ! oui.

— Il n'y en a pas d'autres ?

— Pas de vieux, mais il y a quantité de hêtres.

— J'aimerais voir où se dressait l'orme.

Nous étions venus en dog-cart et mon client me conduisit tout de suite, sans même entrer dans la maison, à l'excavation, dans la pelouse, où l'orme s'était dressé. C'était presque à mi-chemin entre le chêne et la maison. Mon enquête semblait progresser.

– Je suppose qu'il n'est pas possible de savoir quelle était sa hauteur ? demandai-je.

– Je peux vous la donner tout de suite : un peu moins de vingt mètres.

– Comment se fait-il que vous sachiez cela ? ai-je demandé, surpris.

– Quand mon vieux précepteur me donnait à faire un exercice de trigonométrie, cela s'appliquait toujours à des hauteurs à déterminer. Dans ma jeunesse, j'ai calculé la hauteur de tous les arbres et de tous les bâtiments de la propriété.

C'était un coup de veine inattendu. Mes données arrivaient plus vite que je n'aurais pu raisonnablement l'espérer.

– Dites-moi, votre sommelier vous a-t-il jamais posé pareille question ?

Reginald Musgrave me regarda, étonné.

– Maintenant que vous me le rappelez, répondit-il, Brunton m'a effectivement demandé la hauteur de cet arbre, il y a quelques mois, à propos d'une petite discussion avec le valet d'écurie.

C'était une excellente nouvelle, Watson, car elle me prouvait que j'étais sur la bonne voie. J'ai regardé le soleil ; il était encore assez bas dans le ciel et j'ai calculé qu'en moins d'une heure il serait juste au-dessus des branches les plus élevées du vieux chêne. Une des conditions stipulées dans le Rituel serait alors remplie. Et l'ombre de l'orme devait vouloir dire la partie la plus extrême de l'ombre, sans quoi on aurait pris le tronc comme point de repère. Il fallait donc trouver l'endroit où l'extrémité de l'ombre tomberait quand le soleil s'écarterait du chêne.

— Cela à dû être difficile, Holmes, l'orme n'étant plus là.

— Eh bien ! je savais du moins que si Brunton était capable de le trouver, je le pouvais aussi. En outre, il n'y avait vraiment pas de difficulté. Je suis allé avec Musgrave dans son bureau et là j'ai taillé moi-même cette cheville à laquelle j'ai attaché cette longue ficelle en y faisant un nœud tous les mètres. J'ai pris ensuite deux morceaux de canne à pêche qui mesuraient tout juste deux mètres, et je suis retourné avec mon client à l'ancien emplacement de l'orme. Le soleil effleurait tout juste le sommet du chêne. J'ai dressé la canne à pêche, j'ai marqué la direction de l'ombre et je l'ai mesurée. Elle avait trois mètres de long.

Bien entendu le calcul était simple. Si une canne à pêche de deux mètres projetait une ombre de trois mètres, un arbre de vingt mètres en projetterait une de trente, et la direction dans les deux cas serait la même, bien entendu. J'ai mesuré la distance voulue, ce qui m'amena presque au mur de la maison, endroit où j'ai planté une fiche. Vous pouvez imaginer ma joie, Watson, quand, à moins de deux pouces de ma fiche, je découvris, dans le sol, un trou conique. J'étais sûr que c'était la marque qu'avait faite Brunton en prenant ses mesures et que j'étais sur sa piste.

Depuis ce point de départ, je me mis à avancer, après avoir d'abord vérifié les points cardinaux à l'aide de la boussole de poche. Dix pas m'amenèrent sur une ligne parallèle au mur de la maison et de nouveau j'ai marqué cet endroit avec une cheville. Puis j'ai, avec grand soin, fait cinq pas à l'est et deux au sud, ce qui me conduisit au seuil même de la vieille porte. Deux autres pas à l'ouest impliquaient alors que je devais marcher vers le corridor dallé et que là était l'endroit qu'indiquait le Rituel.

Je n'ai jamais ressenti un tel frisson de déception, Watson. Un moment, il me sembla qu'il devait y avoir une erreur radicale dans mes calculs. Le soleil couchant éclairait en plein le sol du corridor et je pouvais voir que son pavage de pierres grises, usées par les pas, était solidement assemblé par du ciment et n'avait certainement pas été bougé depuis de longues années. Brunton n'avait pas travaillé par là. J'ai frappé sur le sol, mais partout il rendait le même son et il n'y avait nul signe de fissure ou de crevasse. Par bonheur, Musgrave, qui avait commencé à saisir le sens de mes actes et qui ne se passionnait pas moins que moi, sortit son manuscrit pour vérifier mes calculs.

– Et « en dessous » ? s'écria-t-il. Vous avez oublié le « et en dessous » !

J'avais pensé que cela voulait dire que nous devions creuser, mais alors, naturellement, je vis tout de suite que j'avais tort.

– Il y a donc une cave sous ces dalles ? m'écriai-je.

– Oui, et aussi vieille que la maison. En descendant ici, par cette porte.

Nous descendîmes les degrés en colimaçon d'un escalier de pierre, et mon compagnon, frottant une allumette, alluma une grosse lanterne qui se trouvait sur un tonneau, dans un coin. Tout de suite il fut évident que nous étions enfin parvenus au bon endroit et que nous n'étions pas les seuls à le visiter depuis peu.

On s'en était servi pour y emmagasiner du bois, mais les bûches, de toute évidence jetées auparavant en désordre partout sur le sol, avaient été empilées de chaque côté de façon à laisser un espace libre au milieu. Dans cet espace se trouvait une large et lourde dalle, munie au centre d'un anneau de fer rouillé, auquel un épais cache-nez à rayures était attaché.

– Par Dieu ! s'exclama mon client, c'est le cache-nez de berger de Brunton ! Je le lui ai vu et je pourrais en jurer. Qu'est-ce que cette canaille est venue faire ici ?

À ma demande, on fit venir deux agents de la police du comté pour qu'ils fussent présents et je me suis alors efforcé de soulever la pierre en tirant sur le cache-nez. Je ne pus que la bouger légèrement et ce ne fut qu'avec l'aide d'un des agents que je réussis enfin à la pousser sur un des côtés. Un grand trou noir s'ouvrit, béant, dans lequel nous regardâmes tous, pendant que Musgrave, à genoux sur le bord, y descendait sa lanterne.

Une cavité carrée, profonde de deux bons mètres environ, et d'un peu plus d'un mètre de côté, s'ouvrait devant nous. Il s'y trouvait une boîte en bois plate et cerclée de laiton, dont le couvercle à charnières était relevé ; dans la serrure était engagée cette curieuse clé ancienne. L'extérieur était couvert d'une épaisse couche de poussière ; l'humidité et les vers avaient rongé le bois, de sorte qu'une foule de champignons poussaient au-dedans. Plusieurs disques de métal – sans doute de vieilles pièces de monnaie – comme ceux que j'ai là traînaient au fond de la boîte, mais elle ne contenait rien d'autre.

À ce moment-là, toutefois, nous n'avons guère pensé à cette vieille boîte, car nos yeux étaient rivés sur une chose qu'on voyait accroupie tout à côté. C'était, tassé sur ses cuisses, le corps d'un homme, vêtu d'un complet noir, la tête affaissée sur le bord de la boîte, qu'il enserrait de ses deux bras. Cette position avait fait monter à son visage tout le sang, qui ne circulait plus, et nul n'aurait pu reconnaître ces traits, déformés et cramoisis ; toutefois la taille de l'homme, son costume, ses cheveux suffirent pour montrer à mon client, quand nous eûmes redressé le corps, que c'était bien le sommelier disparu. Il était mort depuis quelques jours, mais il n'y avait sur sa personne ni blessure, ni meurtrissure qui révélât comment était survenue cette fin terrible. Quand nous avons eu emporté son corps hors de la cave, nous nous sommes retrouvés en face d'un problème presque aussi formidable que celui par lequel nous avions commencé.

J'avoue que jusque-là, Watson, j'avais été quelque peu déçu dans mes recherches. J'avais compté résoudre le mystère une fois que j'aurais trouvé l'endroit auquel le Rituel faisait allusion, mais maintenant, j'y étais et je demeurais apparemment aussi éloigné que jamais de connaître ce secret que la famille avait caché avec tant de laborieuses précautions. Il est vrai que j'avais fait la lumière sur le sort de Brunton, mais il me fallait à présent découvrir comment le destin l'avait surpris et quel rôle avait joué, en cette affaire, la bonne qui avait disparu. Je me suis assis sur un tonnelet dans un coin et j'ai avec soin passé en revue toute l'affaire.

Vous connaissez mes méthodes en ces cas-là, Watson ; je me mets à la place de l'homme et, après avoir estimé son intelligence, j'essaie d'imaginer comment j'aurais moi-même pro-cédé dans les mêmes circonstances. Dans ce cas, la chose était simplifiée par l'intelligence de Brunton, qui était de premier ordre ; point n'était besoin, donc, de tenir compte de « l'équation personnelle », comme l'ont appelée les astronomes. Il savait qu'il y avait quelque chose de précieux caché quelque part. Il avait localisé l'endroit. Il avait constaté que la pierre qui couvrait cet endroit était trop lourde pour qu'un homme la soulevât sans aide. Qu'allait-il faire alors ? Il ne pouvait aller, même s'il avait eu quelqu'un à qui il pût se fier, chercher de l'aide à l'extérieur, débarricader les portes et courir un grand risque d'être découvert. Mieux valait, si possible, trouver l'aide voulue dans la maison. Mais qui pouvait-il solliciter ? Cette fille lui avait été très attachée. Si mal qu'il l'ait traitée, un homme a toujours beaucoup de peine à se rendre compte qu'il a pu perdre définitivement l'amour d'une femme. Il tenterait, grâce à quelques attentions, de faire la paix avec la bonne, puis l'engagerait à devenir sa complice. Une nuit, ils iraient ensemble à la cave et leurs forces réunies suffiraient pour soulever la pierre. Jusque-là je pouvais suivre leur action comme si je les avais effectivement vus.

Mais pour deux personnes, dont l'une était une femme, ce devait être un bien lourd travail, que l'enlèvement de cette pierre. Un vigoureux policeman du Sussex et moi, nous n'avions pas trouvé la besogne facile. Alors qu'auraient-ils donc fait pour se faciliter la tâche ? Je me suis levé et j'ai examiné avec soin les bûches éparses sur le sol. Presque tout de suite, je suis tombé sur ce que je souhaitais. Un morceau de bois de presque un mètre de long portait à une de ses extrémités une entaille très nette, tandis que plusieurs autres étaient aplatis sur les côtés, comme s'ils avaient été comprimés par quelque chose de très lourd. Évidemment, une fois la pierre un peu soulevée, ils avaient glissé des billots de bois dans la fente jusqu'au moment où, l'ouverture étant enfin assez large pour s'y introduire, ils l'avaient maintenue ouverte à l'aide d'une bûche placée dans sa longueur et qui pouvait s'être entaillée à son extrémité du bas, puisque tout le poids de la pierre levée la pressait contre le bord de l'autre dalle. Jusque-là j'étais encore en terrain ferme.

Et maintenant, comment allais-je procéder pour reconstruire ce drame nocturne ? Évidemment une seule personne pouvait descendre dans le trou, et cette personne c'était Brunton. La fille avait dû attendre sur le bord. Brunton avait alors ouvert la boîte, lui avait passé ce qu'elle contenait – je le présume, puisqu'on n'a rien trouvé –, et alors... alors, qu'était-il arrivé ?

Quel feu de vengeance mal éteint se ranima-t-il tout à coup, flamba-t-il dans l'âme celte de cette passionnée, quand elle vit en son pouvoir l'homme qui lui avait nui – et peut-être bien plus que nous le soupçonnions ? Était-ce par hasard que le bois avait glissé et que la pierre avait enfermé Brunton dans ce qui était devenu son tombeau ? La seule culpabilité de la fille avait-elle été de garder le silence sur le sort de l'homme ? Ou, d'un coup brusque, avait-elle fait sauter le support de bois et laissé brutalement retomber la pierre en place ? Quoi qu'il en fût, il me semblait voir la silhouette de la femme étreignant toujours sa trouvaille et regrimpant à toute vitesse l'escalier sinueux, tandis que ses oreilles retentissaient peut-être des appels assourdis et du bruit des mains qui tambourinaient frénétiquement sur la dalle de pierre qui étouffait, jusqu'à le tuer, l'amant infidèle. C'était là le secret du visage blafard de cette fille, le secret de ses nerfs ébranlés, de son accès de rire hystérique du lendemain matin.

Mais qu'y avait-il eu, dans la boîte et qu'en avait-elle fait ?

Naturellement, ce devaient être les vieux morceaux de métal et les cailloux que mon client avait retirés de l'étang. Elle les y avait jetés aussitôt qu'elle l'avait pu, pour faire disparaître la dernière trace de son crime.

Pendant vingt minutes, j'étais demeuré assis, réfléchissant à toute l'affaire. Musgrave était toujours debout, très pâle et, en balançant sa lanterne, il regardait dans le trou.

– Ce sont des pièces de Charles Ier, dit-il, en me tendant celles qui étaient restées dans la boîte. Vous voyez que nous avions raison quand nous avons établi la date du Rituel.

– Peut-être trouverons-nous autre chose de Charles Ier ! m'exclamai-je, comme, tout à coup, le sens probable des deux premières questions du Rituel s'imposait à ma pensée. Faites-moi voir le contenu du sac que vous avez retiré du lac.

Nous sommes donc remontés à son bureau et il a placé les débris devant moi. En les regardant, j'ai pu comprendre qu'il les considérait comme de peu d'importance, car le métal était presque noir et les pierres, ternes et sombres. Toutefois j'en ai frotté une sur ma manche et, au creux sombre de ma main, elle s'est mise à briller comme une étincelle. Le gros morceau de métal avait l'apparence d'un double cercle, mais plié et tordu, il avait été déformé.

– Vous ne devez pas oublier, dis-je, que le parti royaliste a résisté en Angleterre, même après la mort du roi, et que, quand à la fin ils se sont enfuis, ils ont probablement laissé enterrés derrière eux beaucoup de leurs biens les plus précieux, avec l'intention de venir les rechercher en des jours plus paisibles.

– Mon ancêtre, Sir Ralph Musgrave, fut un cavalier éminent et le bras droit du roi Charles Ier lors de son exil et de sa vie errante, dit mon ami.

– Vraiment ! Eh bien, je crois que ce fait doit nous fournir le dernier maillon qui manquait à notre chaîne. Je vous félicite d'entrer en possession, bien que de façon tragique, d'une relique qui a en elle-même une grande valeur, mais qui a plus d'importance encore comme curiosité historique.

– Qu'est-ce donc ? balbutia Musgrave, étonné.

– Ceci n'est rien de moins que l'ancienne couronne des rois d'Angleterre.

– La couronne ?

– Exactement. Considérez ce que dit le Rituel. Quelles sont les formules ? « À qui appartenait-elle ? – À celui qui est parti. » Cela se passait après l'exécution de Charles. Puis : « Qui doit l'avoir ? – Celui qui viendra. » Celui-là, c'était Charles II, dont on prévoyait déjà la venue. Je crois qu'on ne saurait mettre en doute que ce diadème bosselé et informe a jadis couronné la tête des rois Stuart.

– Et comment est-il venu dans l'étang ?

– Ah ! il nous faudra quelque temps pour répondre à cette question.

Là-dessus je lui retraçai la longue chaîne de suppositions et de preuves que j'avais imaginée. La nuit était tombée et la lune brillait au ciel avant que j'eusse achevé mon récit.

— Et comment se fait-il que Charles n'ait point repris sa couronne à son retour ? demanda Musgrave en remettant la relique dans son sac de toile.

— Là, vous mettez le doigt sur le seul point que, sans doute, nous ne serons jamais capables d'élucider. Il est probable que le Musgrave détenteur du secret mourut dans l'intervalle et que, par négligence, il laissa ce Rituel à son descendant sans lui en expliquer le sens. À partir de ce moment-là, on se l'est transmis de père en fils, jusqu'au jour où il tomba enfin entre les mains d'un homme qui en déchiffra le secret, mais perdit la vie dans l'aventure.

Et c'est là, Watson, l'histoire du Rituel des Musgrave. Ils ont la couronne, là-bas, à Hurlstone, bien qu'ils aient eu quelques ennuis avec la loi et une forte somme à payer pour obtenir la permission de la garder. Je suis sûr que si vous veniez de ma part, ils seraient heureux de vous la montrer. Quant à la femme on n'en a jamais entendu parler ; il est probable qu'elle a quitté l'Angleterre et que, emportant le souvenir de son crime, elle s'en est allée en quelque pays par-delà les mers.

Toutes les aventures de Sherlock Holmes

Liste des quatre romans et cinquante-six nouvelles qui constituent les aventures de Sherlock Holmes, publiées par Sir Arthur Conan Doyle entre 1887 et 1927.

Romans

* Une Étude en Rouge (novembre 1887)
* Le Signe des Quatre (février 1890)
* Le Chien des Baskerville (août 1901 à mai 1902)
* La Vallée de la Peur (sept 1914 à mai 1915)

Les Aventures de Sherlock Holmes

* Un Scandale en Bohême (juillet 1891)
* La Ligue des Rouquins (août 1891)
* Une Affaire d'Identité (septembre 1891)
* Le Mystère de Val Boscombe (octobre 1891)
* Les Cinq Pépins d'Orange (novembre 1891)
* L'Homme à la Lèvre Torduc (décembre 1891)
* L'Escarboucle Bleue (janvier 1892)
* Le Ruban Moucheté (février 1892)
* Le Pouce de l'Ingénieur (mars 1892)
* Un Aristocrate Célibataire (avril 1892)
* Le Diadème de Beryls (mai 1892)
* Les Hêtres Rouges (juin 1892)

Les Mémoires de Sherlock Holmes

* Flamme d'Argent (décembre 1892)
* La Boite en Carton (janvier 1893)
* La Figure Jaune (février 1893)
* L'Employé de l'Agent de Change (mars 1893)
* Le Gloria-Scott (avril 1893)
* Le Rituel des Musgrave (mai 1893)
* Les Propriétaires de Reigate (juin 1893)

* Le Tordu (juillet 1893)
* Le Pensionnaire en Traitement (août 1893)
* L'Interprète Grec (septembre 1893)
* Le Traité Naval (octobre / novembre 1893)
* Le Dernier Problème (décembre 1893)

Le Retour de Sherlock Holmes

* La Maison Vide (26 septembre 1903)
* L'Entrepreneur de Norwood (31 octobre 1903)
* Les Hommes Dansants (décembre 1903)
* La Cycliste Solitaire (26 décembre 1903)
* L'École du prieuré (30 janvier 1904)
* Peter le Noir (27 février 1904)
* Charles Auguste Milverton (26 mars 1904)
* Les Six Napoléons (30 avril 1904)
* Les Trois Étudiants (juin 1904)
* Le Pince-Nez en Or (juillet 1904)
* Un Trois-Quarts a été perdu (août 1904)
* Le Manoir de L'Abbaye (septembre 1904)
* La Deuxième Tâche (décembre 1904)

Son Dernier Coup d'Archet

* L'aventure de Wisteria Lodge (15 août 1908)
* Les Plans du Bruce-Partington (décembre 1908)
* Le Pied du Diable (décembre 1910)
* Le Cercle Rouge (mars/avril 1911)
* La Disparition de Lady Frances Carfax (décembre 1911)
* Le détective agonisant (22 novembre 1913)
* Son Dernier Coup d'Archet (septembre 1917)

Les Archives de Sherlock Holmes

* La Pierre de Mazarin (octobre 1921)
* Le Problème du Pont de Thor (février et mars 1922)
* L'Homme qui Grimpait (mars 1923)

* Le Vampire du Sussex (janvier 1924)
* Les Trois Garrideb (25 octobre 1924)
* L'Illustre Client (8 novembre 1924)
* Les Trois Pignons (18 septembre 1926)
* Le Soldat Blanchi (16 octobre 1926)
* La Crinière du Lion (27 novembre 1926)
* Le Marchand de Couleurs Retiré des Affaires (18 décembre. 1926)
* La Pensionnaire Voilée (22 janvier 1927)
* L'Aventure de Shoscombe Old Place (5 mars 1927)